KB104268

현관문은 블랙홀이다

국립중앙도서관 출판예정도서목록(CIP)

현관문은 블랙홀이다 : 남상진 시집 / 지은이: 남상진. ――
대전 : 지혜 : 애지, 2017
    p. ;   cm. ― (지혜사랑 ; 172)

ISBN 979-11-5728-236-4 03810 : ₩9000

한국 현대시[韓國現代詩]

811.7-KDC6
895.715-DDC23   CIP2017014910

지혜사랑 172

현관문은 블랙홀이다

남상진

지혜

시인의 말

확신이 서지 않는 길 위에서
누군들 한 번쯤 절망을 오물거리지 않았을까
희망이 바싹 마른 낙엽처럼 바스락거리던 때 시를 만났다
쓰고 지우고
쓰고 버렸다
지금,
건질 것도 없는 것들을 붙들고 부끄럽다

2017년
남상진

차례

2부

3부

4부

9

1부

현관문은 블랙홀이다

어제는 불을 끄다가 블랙홀에 빠진
어느 가장의 이야기가 신문의 헤드라인을 장식했죠
도심 속 행성으로 소방차를 몰고 나간 그가
우주의 미아가 된 이야기 말이에요
집을 나서는 일은 은하계를 벗어나
안드로메다 어디쯤 떨어져
까맣게 애를 태우다 돌아오는 일이죠
밤하늘에 반짝이는 별은
모두 집을 나선 사람들이에요
아이들은 베란다, 혹은 마당에 둘러서서
엄마 아빠의 무사귀환을 빌기도 해요
현관문을 나서면 우리는 모두 별이 되지요
어두운 밤길을 걸어본 이들은 알아요
얼마나 많은 별이 길을 잃고
둥근 절벽에서 혜성으로 추락하는지
미처 빠져나오지 못한 새벽의 그물에 갇혀서
여명의 이마에 낮별로 박히는 이들은 말하죠
인생은 블랙홀을 통과하는 일이라고
이 좁은 행성에서 별의 모습으로 줄타기하는 당신
당신의 별은
오늘도 무사하신가요?

수장水葬

자갈 밟는 소리,
파도치는 소리,
달빛 파르르 물 위에서 떠는 소리
언덕 위에서 알몸의 혀들이 맛이 들지 않은 사과를 던졌다
아이들은 이승과 가까운 거리에서 오랫동안 서성거리다
이마를 반짝이며 썰물을 따라갔다
그날 밤새도록 아이들 발자국 소리가 났다
시야가 확보되지 않는 세상
걸음을 옮길 때마다 칸막이는 무너졌다
뭍으로 빠져나오기엔 너무 복잡한 미로
진화를 거듭한 길들은
막다른 길에다 주검을 내다 버리기도 했다
무너져 내리는 동굴에 물이 찼다
그래도 사과는 맛이 들지 않고 몽돌처럼 반질반질했다
밤마다 가슴은 젖고
아이들 돌아오는 발자국 소리만
달빛에 꾸덕하게 말라가고 있었다

그림자 그 뒤편에 서면 더듬이가 자란다

해는 중천에 떠 있는데 환하지가 않았어
해를 향해 팔을 벌려봤어
어둑한 들판 위를 낙엽이 호호거리는 웃음을 날리며 건너갔고
산등성이를 힘겹게 오르던 구름이 잠시 멈추어 섰을 뿐
청청한 시선들은 모두 한 계절을 묵묵히 건널 뿐이었지
눈을 감은 채 한참을 서 있었어
서 있던 자리에 커다란 방이 생기데
어두운 방 안에 앉아 독백처럼 노래를 불렀어
가라앉은 음절들이 해의 그림자를 뜯어먹으며 자랐지
그 넝쿨이 방 안을 가득 메우며 여린 손들을 뻗어갔어
간혹,
벽이 무너지는 소리만 넝쿨을 깔아뭉개며 투두둑거렸지
그림자의 넝쿨을 뜯어 먹으며 목숨을 이어갔어
숨을 쉰다는 것이
거추장스러울 때도 있다는 걸 처음 알았지
어느새 넝쿨은 자라 그림자 그 뒤편을 가득 채우고 있었어
그때부터 더듬이가 내 머리에도 자랐나 봐
가끔씩
어둠 속에 서면
바깥세상이 눈부시게 환해지거든

갈참나무 아래에는 사슴벌레가 산다

갈참나무 이파리 뒤를 들여다보면
사슴벌레의 감춰진 울음이
숭숭한 털로 일어선다는 걸 아니
그물 같은 고독을 온몸에 휘감고
스스로 포획을 꿈꾸던 아버지
그늘을 지니지 못하고 땡볕에 섰을 때
민얼굴을 갉아대는
태양의 이빨을 본 적이 있니
갈참나무 아래에 서면
나를 갉아대는 소리가
사슴벌레의 울음에 섞여 사삭사삭 들린다
아버지는 왜 하루에도 몇 주전자씩
목젖에다 고독을 들어부으셨는지 아니
세상을 꽉 붙들고 매달릴
단단한 집게 턱 하나 필요했던 건 아닐까
어디를 떠돌다
물렁한 집게 턱 하나 달고
아버지가 사슴벌레의 동굴 속으로
칩거에 들어간 지 수 십년
그때의 아버지 같은 내가
갈참나무 아래,
태양의 이빨이 여전히 날카로운

그 어두운 동굴에다 막걸리를 부었다
꾸르르 꾸르르 몇 모금 넘어갔다 싶은데
꿈질꿈질 동굴이 움직이더니
황금빛의 사슴벌레가
아니,
견고하고 빛나는 집게 턱의 아버지가
칩거를 걷고 스르륵스르륵 내게로 오고 있었다

키 큰 나무에 대한 애상

햇살 등진 나무가 바닥에 눕는다
하늘은 뿌연 물감 풀어놓으며 언듯언듯 온전치 못한 빛을
쏟아냈다
나는 사각의 창에 기대어
네모난 세상에 혓바닥을 길게 내밀고
그것을 온전히 받아내고 있었다
예리하게 날이 선 햇살이 혓바닥을 찌르고는 사라지고
또 나타나서 찌르곤 했다
혓바닥에 홍건한 온기를 입안 가득 머금고 그를 찾았다
싸늘한 구들장을 짊어진 채
바닥에 가라앉은 그는 미동도 하지 않는다
유난히 하얀 이불 홑청만 격자무늬로 등분되고
햇살 한 가닥 가 닿지 않는 그의 입술이
갓 짜낸 가마니같이 터실거린다
살며시 그의 입술에 내 입술을 포갠다
'아버지 햇살이에요 참 따스해요'
입 안 가득 내가 지닌 온기를 불어 넣는다
흐흡! 거친 그의 입술이 차가운 냉기를 토해낸다
햇살 쪼임을 유난히 즐겼던 아버지,
더 넓게 팔 벌리면 따스해질까
더 높이 올라서면 따스해질까
무성한 잎사귀 다 털어낸 훤칠한 그가 바닥에 드러 눕는다

온기는 바닥까지 닿지 못하고 뿌연 하늘 끝 벌건 석양만
내 처진 어깨에 걸터 앉는다

채널, 그 미혼모 같은 손

재미없으면 채널을 돌려봐
성인 영화가 재미있니?
폭력이 난무하는 액션 영화는 어때?
리모컨을 잃어버렸다고?
그래서 화면이 고정이라고?
리모컨 찾아야 해요
교육채널 돌렸는데
포르노 채널이 끼어들어요
그 채널에서 아이가 울어요
아이는 쓰레기통에서 발견됐지요
사람들은 혀를 끌끌 찼어요
아기 엄마가 그 혀를 책가방으로 내리 치네요
책가방에서 아이가 주르르 쏟아졌어요
쏟아진 아이를 빼곡히 필기하던 그녀가
학교에서 사라졌어요
교육채널을 틀어야 해요
배워야 한다고요
그런데 술은 할 줄 아나요
모른다니요
당신 불합격이에요
교육채널 앞에 술 취한 어른들이 서있어요
아! 리모컨을 찾았어요

그녀가 하의실종 치마를 입고
노래주점 귀퉁이에서 서성거려요
리모컨을 누르자
그녀는 노래를 부르고
아이는 골방에서 혼자 칭얼거려요
라면 봉지 사이로
그녀의 채널이
냄비 안에서 퉁퉁 불어 있네요

망가진 나사 산

고장난 수도꼭지를 손볼 요량으로
너트를 왼쪽으로 돌리는데
헛돌기만 할 뿐 풀리지 않는다

똑 · 똑 · 똑

누수를 거듭하는 꼭지를 물끄러미 바라보다가
꺾어진 골목을 따라
한 바퀴만 더 돌아가면 열릴 것 같은 세상에
발 동동 구르며 서성이는 나를 보았다
끝내 풀리지 않을지 모를
망가진 나사 산 같은 세상
하루하루 갈수록 빨라지는 누수의 간격만큼
자라난 무기력이 발밑에 흥건하다
산다는 것은
견고한 조임으로 누수를 막는 일
온갖 연장을 들이대도 멈추지 않는
방울방울 누수된 삶이 흘러간다
이른 새벽 인력시장
온기 몇 조각 등짝에 붙이고 봉고차에 실려
잠기지 않는 것들을 향해 나서는 길
새벽이 어둠 사이로 파란 하늘을 열고 있다

몽유夢遊

그날
그녀의 깊은 잠속에 그려 넣었던
발목에는 복숭아 뼈가 없었다
유리창의 안쪽에서
이승의 발자국을
옷소매로 닦았지만
유리 속 얼굴은 지워지지 않았다
두른거리던 팽목항 목소리들은
발자국보다 먼저 집으로 돌아갔다
매끈한 맨발의 집
방마다 꼬부라진 혀들이 자라났다
바람도 삼가 고개를 숙이는 계절
뒤통수에 한기가 돌았다
침울한 이마들
다 채우지 못하고 돌을 던진 바둑판처럼
눈동자 안으로 스며든
복도의 형광등이
기차처럼 지나갔다
속도를 줄이지 못하고 질주하는
이 팅팅 불은 슬픔이
꿈이었으면 좋겠다

새들의 집

그들의 집에는 지붕이 없다
가끔
태양과 구름과 새떼들이
지붕의 무늬가 되기도 하지만
그들은 수시로 깊은 우주에 빠진다
지붕이 없는 집에서는 바람도 오래 머물지 않는다
허공을 가로지르는 햇빛과 비행운과
새들의 불규칙한 궤적만이
집안에 듬성듬성한 울타리를 칠뿐
그들은
비가 오는 날에도 몰래 울지 않는다
계절이 바뀔 때마다 자리를 옮기는 일쯤이야
내겐 별일도 아니지만
물 빠짐이 좋은 자리는 벌써
누가 영역표시를 해두었는지
골목마다
오줌지린 냄새가 진하게 났다
간간이
뜨거운 혀를 지닌 이들이
지상의 소식을 전해 줄 뿐
땅을 밟을 일 없는 공중에는
밤마다 별들이 우박처럼 쏟아졌다

별빛 소복한 집

오늘 밤

지구에 거꾸로 누워

우물 같은 우주로

나를 쏟아 버려야겠다

모래비

사막은 늘 젖어 있다
알 수 없는 깊이로 내려앉은
붉은 바다 능선
아가미 벌리고 헤엄치는 구름과
지느러미 미끈한 모래톱에 몸 비비는
날 선 이빨의 바람이 산다
제 그림자에 젖은 걸음들
발목을 묶는 사구에 밤이 들면
별빛은 꽃 피운다
밤에도 출렁이는 파도
굵직한 희망들이 여럿
사막의 발자국 속으로 침몰하기도 했지만
건재한 걸음들은 바람의 뒤를 따라 사르락 가르락 쌓인다
젖은 눈이 마를 때까지 견딜 수 있다면
건너지 못할 바다도 아닌데
한 걸음 한 걸음 속절없이 젖어가는
너른 바다에 모래비 내린다
한 모금 별빛을 받아 마시고
갈증을 넘어간 이들이 흩날리는 것이리라
지워지는 발자국
오늘 밤 나는
이쯤에서 또 젖겠다

경계를 깁다

누가 빠져 나갔나
어제 없던 바느질이 생긴 걸 보니
긴밤에 누가 팽팽한 징막을 열고
새벽이슬에 젖은 길을 건너 간 것이다
바람이 오므린 입술 소리를 낸다
거미줄을 치는 것은
블랙홀의 입구를 꿰매는 일이다
이 별과 저 별의 중심에 실을 걸고
우주에 생겨 난 구멍을 꿰매다 보면
아직 허물을 벗지 못한 구름과 나,
그리고 잠자리 같은 것들이
느슨한 그물코에 외투를 걸어두기도 하는 것이다
지상에 어둠이 내리면
거미는 허공의 문을 열고 또 밤을 건널 것이다
동심원에 입술을 대고 심호흡을 하면
나는 여기에 있고
너는 건너 간 거기서 낮은 구름으로 떠돌다
어느 새벽 거미줄에 걸리기도 하겠지

사막의 내력

아내의 뒤꿈치는 일기장이다
그것도 금이 쩍쩍 간 일기장
밤마다 낡은 펜대에 사포를 감아 긁어내는 발
살아온 이력이 빼곡하다
부슬부슬 떨어지는 고단한 생의 문장
분주히 걸어온 발바닥에 스며들지 못한 상처도
그녀를 눅진하게 녹이지는 못했는지
그녀의 발자국은 늘 건조하다
무릎걸음으로 그 발자국을 따라가면
발해만을 지나
몽골제국의 대평원을 지나
고비사막 어디쯤에서 별빛이 된다
부드럽지 못한 기억
한 입 모래알로 서걱거리는 땅
걸어온 시간이 사구처럼 솟구쳐 올라
시야를 가리는 그곳에서
아내는 발바닥을 깎아 일기를 쓴다
돌아갈 여력도 없이
자신을 소진해 버리는 사람
새벽이 되어서야 당도하는 짧은 휴식의 땅
포근한 솜털의 밤이 느리게 찾아와
억 만년 사막의 시간을 별빛으로 속삭이면

그녀가 털어 낸 뒤꿈치의 내력이
모래 바다로 출렁인다

의림사

잔솔가지에 걸린 달 자정을 넘어 간다
죽어서도 지켜야 할 것이 짓누르는 눈꺼풀이라
바람 한 점에 술렁이는 물속인가
눈 뜨고도 장님인 나는 공중에서 애간장을 녹인다
텅 빈 속으로 몇 발짝을 가겠나
눈빛만 앞서 걷는 무릉도원이 달 속으로 숨는다
절치부심 공덕으로 속은 비워 냈다만
삼 명 육통이 빈 몸으로만 통할쏘냐
시작도 끝도 없이 여여한 풍경만 눈 안에 든다
대답도 없이 말간 바람이 공복의 속내를 휘돌아 나가고
층층나무 산발한 꽃잎이 서까래 단층을 달빛으로 읽는 밤
파도는 산에서도 치는가
여의주에 용의 뿔을 지녔다만
유명 묵객이 이름을 거는 대웅전 높은 들보가
둥근 눈 안에서 풀잎 이슬로 스러지는 아침
계곡의 물소리는 천 리를 달리는데
무량한 시간 유배당한 눈빛은
한 번의 번뜩임도 없이 허공을 맴돌고
긴 밤 뜬 눈으로 건너온 때죽나무 한 그루
가늘게 난 길을 따라 이파리 무성한 숲쪽으로 돌아눕는다

봄, 설익은 그 맛

당신을 안고 누우면
졸음이 아지랑이처럼 혀끝을 내 골수에 밀어넣어요
나른함이 군침처럼 흘러내리죠
당신은 침묵이 가득한 언덕으로 나를 데려갔어요
달콤한 속삭임이 샘물처럼 마르지 않는 그곳에서
별처럼 나를 맛보고 있죠
나는 아직 한 번도 나를 이탈해 보지 못했어요
우울이 하루살이처럼 내 안을 분주하게 날아다녀요
가끔씩 내 안에 살충제를 뿌리고 싶은 충동을 느끼곤 하죠
어둠을 덮고 눕는 노을이 가쁜 숨 몰아쉴 때
발끝으로 더듬으며 다가오는 달빛처럼
어느 골목 창백한 숨소리가
주술처럼 귓전에서 맴돌 때
세상 모든 소리가 매장당한 언덕을 맨발로 올랐죠
읽히지 않는 당신과 나의 간극 사이로
침묵이
강물처럼 흐르고

전속력으로 질주하던 자동차가
둥근 날개를 붕붕거리며 푸른 우주로 낙하할 때
설마
우리 따뜻한 봄볕 핥으며 놀란 토끼 눈으로
마냥 핏대만 세우다 가는 건 아니겠죠

삼가, 외계인

노을이 혈관을 따라 흐르는 오후 여섯시
내가 북극성에서 퇴근을 준비하는 동안
너는 카시오페이아 어느 낮은 처마 밑에서
이른 저녁을 먹고 있겠지
야윈 너의 어깨에 어둠이 걸리면
별들은 자명하게 내게로 돌아온다
너에게 닿기까지 걸린 시간은 오억 광년
나는
달의 산책로 마지막 세 번째 벤치에서
페가수스 오른쪽의 보리수정원으로 자리를 옮긴다
무량겁을 걷고도 만나지 못한 네게서 시간은 멈추고
나는
허공에 별 하나로 박힌다
경계도 없는 너와 나 사이
먼데서 별들이 시끄럽다

거미의 손금

그가 등을 구부려 침묵의 밀도를 재는 동안
나는 허공에 문을 내고 어둠의 모서리를 당겨
밤새 젖은 세상에 혓바닥을 대본다
공중에 부침하는 것으로도
삶의 의미는 충분하지만
입술을 열어도 말이 되지 못한 생각들은
햇살이 비치는 아침에도 캄캄하다
따로 문이 없는 세상에서
바람의 방향을 읽지 못한 나는
바람이 없어도 흔들리고
높이 걸린 눈동자들
밤이 되면 지상으로 내려와
이슬방울로 거미줄에 걸린다
반짝이며 몰려온 것들이
허공에 손금으로 박히는 하루
돌아서면 식어버릴 온기로
고독을 뽑아 허공에 걸고
공중에 발자국을 남기는
저 깊고 선명한 허공의 손금

중력은 없다

까마득한 높이에 걸린 어둠이
지상으로 내려오면
거미는 오래 숙성된 고독을 허공에 내다 건다
새들은 주린 눈동자를 허공에 걸고
눈부신 날개를 활짝 펼쳐 보였다
무수한 발자국이 가라앉은 공중에도
가끔은 희망처럼 안개가 피고
달빛 오목한 밤의 등줄기를 따라
별들은 반짝이는 손바닥을 나뭇잎에 매달았다
날개를 지닌 것들이
온전한 추락을 꿈꾸는 동안
거미는 혼자 침묵을 지킨다
가늘게 전해지는 진동이
생과 사의 경계를 가르며 지나간다
이슬에 젖은 새벽
추락의 무게도 얻지 못한 이들이
밤새 버려진 구름처럼 거미줄에 걸린다
어둠이 짙을수록
부유하는 빛들이 더 깊게 가라앉는 우주의 이마
살아가는 것은
허공의 한 귀퉁이 엉성하게 밟고 앉아
이슬에 젖은 새벽과

허기에 젖은 생각을 말리며
깊은 우주로 추락하는 일이다

2부

잎말이딱정벌레의 방

잎을 말아서 집을 짓는다
잎맥은 저마다 선명한 기둥으로 허공을 받치고
길게 자란 더듬이가 바람의 방향을 분주히 읽는다
경계 선명한 방에 알을 낳고
타액을 묻혀 틈을 메우는 일은
두려움을 방안에 가두는 일이지
알은 두려움과 버무려져
방안의 질서를 혀끝으로 맛보고 있겠지
보지 않아도 뻔한 저 투쟁의 방안
그 맛에 길든 혀끝을
높은 나무에 내걸어 목을 매고 싶어
아직 눈뜨지 못한 어둠
날이 선 도끼로 쩍 갈라
대롱거리며 매달린 수천, 수만의 나를
허기진 까마귀처럼 쪼아대고 싶어
모래알처럼 흘러내리는
치열한 삶을 빙자한 두려움이
혼돈의 바다로 흘러가거나
혼탁한 바람이 창틈으로
빗물처럼 스며들면
흥건한 그것을 방안에 가두고
울어도 울어지지 않는 울음

우수수 털고 나갈
날개 하나 지어야겠어

얼음 둥지

내 안에 얼음새 한 마리 산다
성질이 차가운 그는
밤미디 높은 도수의 술병 속에 집을 지었다
오백 광년쯤 떨어진 곳에서
광주리에 햇살을 팔아 오던 어머니는
구멍난 발로도 북극성처럼 꼿꼿했다
밤사이
몇 조각의 두꺼운 혈전이 술병의 입구를 막자
그의 집은 소리 없이 무너져 내렸다
배고픈 나는
인적이 드문 처마 밑에서
길게 자란 고드름을 젖꼭지처럼 빨았다
그때부터 내 안에도 차가운 종족의 피가 흘렀는지 모른다
그의 안부를 묻다가
차갑게 날 선 것들을 용서하기로 했다
그 순간 얼어붙었던 그가
내 등골을 따라 환하게 흘러내렸다
진눈깨비가 가벼운 날갯짓으로
깊고 깊은 빙하의 속살을 이야기할 즈음
그는 사뿐히 얼어붙은 액자 속으로 들어갔다
둥지를 벗어난 새의 부리가
푸르고 투명한 빙하의 혓바늘로 돋은 날이었다

나는 때 묻은 손등으로
눈에 맺힌 그를 간단하게 닦아냈다
오랜 내 빙하기를 통틀어
유일하게 따스한 기억이었다

뿌리는 닫힌 문이다

스스로 잠근 문이다 너는,
빛도 들지 않는 깊이로 내려가는 남자
어둠의 두께로 구분되는 지상과 지하
끝장이라고 여겼던 골목이
깊고 푸른 강으로 눕는다
그 사이
흐르지도 못하는 무늬가
내 겨드랑이에서 자랐다
건너지도 못할 강
매일
발자국만 젖었다
남자가
잠긴다는 것을 물의 깊이로 읽었다
오해는 깊은 구덩이를 팠다
뿌리는 보이지 않았으나
아주 굵고 깊게 진화했다
흔들리고
젖고
부러질수록
속으로 자라서 터지는 근육
깊이 뿌리내린 것들은 모두 젖는다
젖어야 스며드는 문장

어둡고 깊은 곳엔

늘

단단한 뿌리가 자란다

청자상감매죽수금문매병*

한 줌 흙이 우는 것을 보았지
웅크린 생 주물러 푸른 호흡 빚어낸
도공의 기친 손가락 사이로 흘렀을 설움
매화향 잘록한 목선 따라
석양이 발갛게 미끄러져 내리면
겹겹이 드러누운 그리운 산과 너른 벌판
긴 세월 뿌리내린 대숲을
철벅철벅 밟고 지나간
바람의 거친 손아귀에 사로잡힌 유선의 자태가
내 옷자락을 붙잡는 어두운 한낮
쫓기듯 털고 나온 박물관 계단에 앉아
먼 시간 건너오는 너의 울음소리 듣는다
발가락 사이로 삐져나오는 차진 생生을
밟고 밟아 일으켜 세운 물레 위
돌고 돌며 다듬어졌을 눈부신 대칭
그 안의 허공
계절마다 부르트고 갈라지는 속내를
가마 속 뜨거운 통증으로 견디고도
개울 같은 해협 하나 건너지 못한 너는
남의 집 처마 밑에 앉아서
소리 없이 우는 법을 스스로 익혔구나

* 청자상감매죽수금문매병 – 고려, 12c
  소장처 : 동경국립박물관(일본)

목어

절에서는 물고기도 새벽에 깬다
연화산 옥천사 독성각 앞마당
누가 내장을 파내갔나
공복의 물고기
공중에 달렸다
전생에 물고기인 나는
물 있는 쪽으로만 돌아눕는다
바람은 불고
눈뜬 장님인 나는 입만 벌린다
지느러미 굳은지 오래
수염은 자라지도 않는다
안을 비워야 공명되는 삶
남의 속만 쪼아내는 딱따구리 붉은 입이
시오리 산길을 내 달린다
밤새 들어내고도
몸이 무겁다
눈 내리 뜨고
잠들지 못하는 밤
헛것만 먼지처럼 또 쌓인다

접接

똘망한 눈알 세 개 남기고 사정없이 자른다
키 큰 놈은 가늘다 싶고
굵기가 괜찮은 것도
싹이 노랗게 부풀어 오른 것이 물건이 될 것 같지 않다
이리저리 찾아 헤매다
이거다 싶어 가려 뽑은 것이다
먼저 허리까지 늘어진 이파리를 솎아내고
햇볕 닿지 않아 하얗게 웃자란 가지를 잘라내자
단면이 촉촉이 젖어왔다
긴밀한 밀착을 위해서 과거 따윈 잊어야 하는 거야
속살 제외한 온몸에 파라핀 보호막 입히고
아랫도리 살짝 벌려 속살 맞대 끼운다
어딘가에 이질감 느끼지 않고 스며드는 것은
자신을 버리는 일
낮은 자세로 수액의 통로에 입술을 대고
세상의 양분을 빨아들이는 거지
부드럽고 따스한 체온
깊은 뿌리까지 박힌다
꽁꽁 동여맨 몸뚱어리 하나 되어
웅숭깊은 눈매까지 닮는다
단 하나의 맹세만 기억하는 낙타처럼
세상 끝에서도 쓰러지지 않는 존재를 위해

스스로 묶이는 우리,
알고 보면 뿌리가 다르다

돌섬

저 혼자 툭 떨어진 시간이
파도에 묻히기도 하는 새벽
불빛 점 박는 등대는 밤의 성감대
모든 불빛은 등대로 모인다
우뚝 솟은 기다림을
제일 먼저 타전하는 뱃고동이
아침 햇살에 졸고 있는 섬을 깨운다
기지개를 켜며 일어나는 땅
저마다 사연 하나쯤 있어
깎아지른 절벽 끝에
맨발로 서보기도 했을 터
말 없어도 멍 자국 선명한 파도
모퉁이를 돌아가면 동백 꽃잎 각혈하는 산자락
누군들 가슴에 상처 입은 섬 하나 품고 살지 않을까
사람들 사이에 다리가 놓이고
우리는 모두 섬으로 간다
짠 바닷바람 삼키는 하루
섬은 세상 건너는 징검다리
철벅철벅 뛰는
바다의 심장이다

입맛

월영광장 모퉁이에 회전 초밥집이 생겼다
점심도 먹는 둥 마는 둥
배를 비우고 들어선 가게 안에는
골라 먹는 재미에 푹 빠진 사람들이
접시에 올라오는 새로운 메뉴를
힐끔힐끔 눈으로 선점한다
때로는 점 찍어둔 접시가 오는 도중에
불시착하는 일도 있지만
눈치 빠르고 손놀림이 날랜 요리사는
그 틈을 용납하지 않고 접시를 채운다
몇 해 전
세상에서 접시를 내린 후배가 생각났다
운동도 잘하고
언행이 시원시원해 매력이 넘치던 후배였다
돌고 돌던 회전 초밥 세상에서
맛있게 보였던 것일까
진면목을 발견해 접시를 내린 저승의 사자
싱싱하던 그 녀석의 미소를 노렸을까
아침부터 저녁까지 돌고 도는
삶의 회전대 위에서
몇 순배를 돌고도 맛보는 이 없는
노란 접시의 나는

언제쯤 누군가의 혀 속에 들어
살살 녹으며 달달해 질까

두부

맷돌에 콩 간다
톡톡 튀며 겉돌았던 콩들이
잘게 부서지며 즙이 된다
걸쭉한 콩즙
진국이란 이런 것
픽셀 무늬 촘촘한 자루에 넣고 찌꺼기 거른 뒤
커다란 솥에 붓고 불 지핀다
제 몸 가루가 되고서야 비로소 시작되는 삶
비릿한 풋내 풍기며 끓는다
세상살이 뜨거운 맛을 보는 중일까
앙다문 솥뚜껑 사이로 흐르는 눈물
구수한 생 만들기까지는 이제 시작
속에서 삼킨 울음이 넘쳐
거품으로 터져 나와도
냄새만 풍길 뿐 형체는 보이지 않는다
오래 끓어도 희망 없는 삶
눈물 간수 몇 숟갈 넣는다
순간,
몽우리 진다
애지도록 뭉글뭉글한 것들 얼싸안고 엉긴다
자신을 온전히 버려야 완성되는 삶
눈물 흘려 본 것들이 구수하다

나무의 손금

물 위에선 달빛도 자란다
어둠을 팽팽하게 당긴 수면이
달이 무늬를 상형문자로 읽는 밤
성장통을 압축파일로 새겨 넣은 절벽의 소나무가
물밑 풍경을 가는 잎 필로 받아 적는다
나무는 바람에 찢긴 상처를 몸 안으로 말아 넣어
숨겨왔던 내막을 쉬이 발설하지 않는다
제 몸 송두리째 잘려나갈 때
눌렀던 속내를 드러내는 것인데
겹겹의 속사정을 두르고
절벽에 뿌리내린 나무들
암벽을 붙들고 단단하다
살아온 대로 자라는 손금을 쥐고
손아귀 악력만 늘어나는 세상
몸집이 클수록 바람에 휘둘리는 법
속으로 말아 넣은 이력이 촘촘하다
빗물도 머물지 못하는 직벽에서
기어이 뿌리내리는 절벽의 나무는
오기로
천년을 건넌다

돼지머리에 관한 고찰

고사를 지낼 요량으로
돼지머리 하나 사서 비닐봉지에 넣어 왔다
고기를 들어낸 봉지 안이 축축하다
탱탱하던 시간 어느 구간에서
생의 무게를 내려놓았을 그가
온전히 감지 못한 눈으로
지나온 삶을 반추하는 중일까
등급별로 분류되는 제 살덩이들이
최고의 등급으로 식육점에 걸릴 때
비로소 웃는 얼굴로 눈을 감는 그
입꼬리가 귀에 걸리게 웃는 놈이
고사에는 최고라니
애써 웃는 표정이라 위안을 삼는다
산다는 건
발자국마다 등급을 매기며
고상한 웃음을 세상에 걸어두는 일
누군들 제 걸음의 등급에 무심할 수 있을까
하루에도 몇 번씩 스스로 점검하는
탱탱한 세상의 삶들이
죽어서도 높은 등급으로 쓰임 있도록
모두
웃음이 귀에 걸렸으면 좋겠다

엽낭게

찐득한 두려움 둥글게 말고 싶었던 게지
똑바로 걷지도 못하는 세상
암만 까치발을 해도 끝이 보이지 않는 개펄에
쓸쓸히 서 있기는 싫었던 게지
살아 있음을 보여주고 싶었는지 몰라
수직의 동굴 속
어둠이 발목 잡을 때마다
참았던 서러움 송글송글 맺히는 게지
온몸 통과한 그것들
또 한 끼의 양식으로 영그는 게지
모래펄 세상에서
질퍽한 시간 둥글게 말아내는 너는
어쩌면 아주 오래전
갑각의 심방 속에 감춰둔 두려움
둥글게둥글게 말았던
내 동족일지도 몰라

칡즙과 블랙홀의 상관관계

청량산 임도 입구
아주머니 한 분 칡즙 판다
청량산 칡인지 무학산 칡인지 알 수 없지만
그 칡즙 파는 아주머니 얼굴은
갓 캐낸 칡처럼 뽀얗다
며칠 전에는 중늙은이 하나가
칡즙 한 병 사들고
임도 변 소나무 가지 사이로 이어진 저승길을 따라갔다
봄도 없이 여름이 오는 요즘
계절이 계절인 만큼
오월에 떠나는 저승길에도 목이 마르기는 할 것이다
가끔은 임도에 들어섰다가 블랙홀에 빠져
돌아오지 않는 이들도 있지만
월영마을 사람들은
아파트 가격보다 임도의 가격을 더 부른다
그곳에 블랙홀이 있다는 사실을 알기 때문이다
칡즙을 마시고 청량산에 오르면
때때로
블랙홀에 빠지는 호사를 누리기도 한다

연필을 깎으며

연필을 깎아봐
가볍게 칼을 쥐고
검지를 축으로
엄지를 밀면
속살을 보이며
좋은 향기와 고운 결을
덤으로 주는 즐거움
마지막엔 칼자국도 없애고
깔끔하게 뒷정리도 해야지
처음엔 겁나고 쉽지 않지만
익숙해지면
보기 좋게 깎여지는 그것처럼
우리네 삶도
숙달되고 깨달으면
좋은 향기와
고운 결을 만들며
매끈하게 살아지겠지

바람의 직조술

때로는
불빛도 옷감이 된다
그늘을 등에 지고 벽에 기댄 가로등
생을 더듬는 빛의 촉감은 가지런하고 길다
틈이 곧 길인 세상
삶의 속살을 관통한 빛들은 실을 토해내고
어둠을 걸쭉하게 반죽하던 달빛이
모든 지상의 무늬로 밑그림을 그리면
지친 어깨의 산자락들 사이로
천천히 일어선 바람이 베를 짠다
씨실 날실 촘촘한 소문들을 엮어 나뭇가지에 걸고
달빛에 버무린 희뿌연 어둠이 골목을 기웃거리는 밤
발끝을 더듬어 토해낸 기억으로 매듭을 짓는다
새벽은
바람의 혀로 다림질한
쪽빛 천을 온몸에 휘감고 온다
누군들 제 색깔 빼다 박은
옷 한 벌 짓고 싶지 않을까
하늘엔 별
지상엔 어둠
계절마다 바람으로 새기면
비로소 얻게 되는
미완의 옷 한 벌

먼지를 털다

계절은 투명한 잎맥을 숨기고
음습한 변방의 뱀처럼 차가운 혀를 내밀었다
추락으로 멍든 사내는 밤새 턴성계수에 대해 생각했다
미끄러진 절벽의 거칠기
몇 룩스 모자라는 달의 밝기
탄탄하지 못한 밑천계수가
괄호 밖에서 허기진 틈을 노렸다
달빛은 그 안에 기립 불능의 이유를 밀어 넣고
새벽부터 밤까지 살아나는 기억을 죽여야 했다
천 길 직벽에서 뿌리를 내릴 즈음
통증처럼 안개가 걷히고 있었다
날개의 주성분은 바람을 닮아 이내 흩어졌다
웅크렸다가 튕기는 스프링의 눈매를 훔치리라
빗나간 반향정위, 우주로 튕기지 못한 생각들이
끝내 공원의 벤치 아래로 곤두박질 칠 때
기대의 눈빛들이 온몸에 선인장 가시로 박혔다
박차고 튀어 오르지 못한 생각들은
신문지 몇 장의 무게에 눌린 채 겨울을 건너고
날개를 얻지 못한 날짐승은 고립무원의 냄새를 풍겼다
아무리 날갯짓을 해도 바닥인 세상
상승기류는 절벽과 가깝다는데
공중을 만져보는 일도 없이

퇴적층 두꺼운 절벽에 길들여지는 일은
우주로 튕기는 기대를 비워 가는 것
가벼운 열매는 하룻밤 미풍에도 천리를 가는가
빨래 줄에 참새들 쉬며 조는 오후
내 안에 켜켜히 쌓인 먼지를 턴다

3부

해바라기 서비스센터

웃는 기능이 고장났나요
질문은 하지 마세요
본질을 파악하기 어려운 미소두 짓지 마세요
지난 계절을 뽐내지 마시고
누가 묻혀 준 향기도 버리고 오세요
바람을 앞세워 오지도 말고
꽃잎을 흩날려 눈앞을 가리지도 마세요
날마다 톡톡 튀는 눈물 채송화,
뽀얀 얼굴 창백한 달맞이꽃은
예약하지 않아도 우선순위에요
담 너머 능소화
바다 건너 해당화는 조금 있다가 오세요
그리움을 정비하기에 지금은 너무 바빠요
줄장미 당신은 오월이 가기 전에 오시고
국화는 구절초와 함께 오지 마세요
아, 참 !
웃으며 우는 수선화 당신은
집중 관리 대상이에요
아마도,
태양이 작렬하는 정오쯤
저희 센터는 문을 닫을 거예요
늦기 전에
공중에 빼곡한 웃음을 사러 가야 하거든요

어시장

이른 새벽
시린 손가락 관절들
고무장갑으로 바다의 책장을 넘기는 마산어시장
선어 상자 틈으로 비릿한 식욕이 흐른다
다리 하나를 예사로 부러뜨린 칠게가
고무대야 뒤에서 분주히 어둠을 줍는다
잉크빛 새벽이 질펀하게 바닥에 깔리면
마산항 등대는 더 이상 세상의 넓이를 재지 않는다
젓갈 깡통이 제 안에서 키운 열기로 언 몸을 데울 뿐
빛이 가닿지 못한 삶들은
투명한 비늘로 언 발을 동동거렸다
경매사의 목소리를 파도가 낮은 소리로 따라 읽는다
함석지붕 총총한 못 구멍으로
파랗고 동그란 새벽이 하나 둘 뛰어내리면

왔다!!

질펀한 골목을 꽃무늬 몸뻬 바지가 가볍게 난다
활어차 뚜껑이 열리기도 전에 터져 나오는 아우성
세 개!
다섯 개!
하나 더!

장화가 벗겨지는 어시장
각진 세상에 부딪혀 입술 빨간 떡전어들이 뛴다

진전우체국

파출소 보건소 지나 우체국 간다
막걸리 서 말 먹고 기운 차렸다는 소나무가
온 천지에 송홧가루로 염문을 뿌리며
문 앞 지키는 진전우체국
나는 하루 한 번씩 거기에 간다
빨간 우체통이
자물쇠를 액세서리로 달고
한때 뚜껑 좀 열고 살았던
과거를 회상하며
단단하게 버티고 선 진전우체국
젊은이는 도시로 나가고
허리 굽은 노인들이
양파며 키위를 싸들고 와서
돋보기 너머
도시의 어느 귀퉁이로
삐뚤삐뚤한 주소를 적는다
요즘은 시골서도 편지를 기다리지 않는다
편지가 없는 집배원은 이래저래
대접이 시원찮다
온종일 제비보다 분주하게 물고 오는 건
공과금 통지서
구구절절 웃고 울리던 사연들은

간편 포장으로
카카오톡이 배달을 맡은 지 오래지만
그래도 나는 우체국 간다
내일 도착하는 빠른 등기 대신에
천천히 당도하는 일반으로 보낸다
때로는
기다리는 맛도 달달한 법이니까

구두

이삿짐 실은 트럭이
낡은 구두 한 짝 떨어뜨리고 간다
누가 이 별의 속살을 탐험하는 중일까
지구의 기울기에 삐딱하게 닳은
뒷굽의 퇴적층이 선명하다
걸어온 길이 녹록치 않았을까
밑창에는
발끝으로 더듬어 본 굴곡진 삶의 구간이
아직도 끈적한 껌딱지로 붙어있다
지구의 골목들은 경사가 심하다
구두끈을 조여 매고 걸어도 넘어지기 십상이다
한때 반짝이며 높았을 구두코는
지나 온 골목 어디쯤에서 기가 죽었는지
약 처방에 맛사지를 받아도 소용없다
삶의 무게에 납작해진 구두를 보며
스스로 몸 낮추는 하루
작은 상처에도 빗물은 안으로 스며들어
두꺼운 삶의 가죽을 뚫고 발가락과 내통한다

가을

누가
백척간두에 서서 동맥을 잘랐나
핏덩이, 전벽을 타ㄱ 내린다
계곡,
바위틈,
외진 골목 감나무에
주저리주저리 열린 바람의 오르가슴
빈 하늘에 홍시로 터져
석양을 따라 간다
한 계절 푸르던 팔다리
예고도 없이 떨어지고
드문드문 남아 있는 기억만 젊다
살아가는 일은
어제의 상처로 내일을 여는 일
제 몸을 태워야 완성되는 삶
단풍잎 식어가는 산자락
선명한 기억으로
계절을 건너는 그대,
그대 떠난 자리에
푸릇한 생명 하나 자라나겠다

별에 대한 오해

잔치다
알들의 잔치
한 입 베어 물면 피즙 쏟아내는 석류알처럼
시고,
떫고,
단단한 세상에서 부화한 알들이
지상으로 뛰어내리지도 못하고 박혀있는
어둠이 방사한 하얀 알이다
밤의 자궁이 비워질 때까지
달빛은 반짝이는 알들을 건사한다
부풀어 오르는 생의 근육
지속 불가능한 탄성이 산등성이에 쏟아진다
우주에도 썰물이 있어 파도가 치는가
단단한 알들의 우주
날이 밝으면
잔치는
깨어난 여명이
부화한 알들을 흔적도 없이 쓸어 담는다

먹을 갈다

벼루에 물 붓고 먹을 간다
둥글게 둥글게 갈아야 제대로 우러나는 법
모서리 깐깐한 내가
야트막한 경사에도 또르르 굴러 내리는 내가
늦은 밤까지 먹을 간다
걸쭉한 내일 꿈꾸며 먹을 간다
손끝에 매달린 식솔들
일필휘지로 그리는 일이
먹을 가는 정성에 달렸다
원을 그리는 횟수가 더해 갈수록
색은 어둠을 닮아간다
짙어진 어둠 속에 내려앉았을 때
비로소 나는 짧아진 먹을 쥐고 있다
닳은 만큼 짙어지는 삶
한 획 한 획 진하게 스며든다
어디를 떠돌다
절름거리며 들어서는 등 뒤
혼신을 다해 빚어낸 진국의 색깔로
굵은 획을 긋는
저 뭉텅한 어둠의 붓놀림
살아가는 것은 제 살 갈아서 짙어지는 일이다

제삿날

지인에게서 시집 한 권을 받았다
낯을 가리는지 책갈피가 잘 넘어가지 않았다
침을 묻히고 한 장 넘기다가 그만 손을 베이고 말았다
종이에 베인 손을 밴드로 친친 감고
아버지 영전에 향을 피운다
손 끝 야무치다고 소문났던 아버지
성질 깐깐해 뻣뻣하기가 송곳 같던
그 마음에 행여나 차지 않을라
홍동백서, 두동미서, 어동육서, 조율이시
반듯하게 줄 맞추고 촛대에 불 붙인다
삐딱한 초에다 또 말씀 없을까
재빨리 똑바로 일으켜 세우고
넘치지 말라고 하시던 그 뜻 거슬러
잔 넘치도록 첨잔을 하고
진득하니 한우물만 파거라 그 말씀 무시하고
이리저리 기웃거리며 수저를 옮긴다
엎드려 절을 하고 나와 본 밤하늘
거기서는 성질 좀 접고 사시는지
아버지 자시고 돌아가는 길
총총걸음으로 뒤를 따르는 별빛 몇 조각

낡은 트럭

출발은 삐걱거렸다
군데군데 녹슬고 배기통 소리 요란하니
거리에 나서면
뭇 시선들 한 몸에 받곤 했다
여름에도 에어컨은 돌아가지 않았고
제한 속도를 따라잡지 못했지만
새벽부터 밤까지 도시의 거리를 누볐다
짐칸의 페인트가 벗겨지고
주행거리가 먼지처럼 쌓여갈수록
뻑뻑하던 내 삶에도 가속도가 붙는 듯했다
밑천이라곤 달랑 두 쪽
그런 내가 자신 있는 건
남보다 많이 달리는 일
바퀴가 닳은 만큼 꿈도 가까워지는 거라며
새벽을 다독여주던 아내는
낮에는 마트의 계산대에서
밤에는 전자부품 손톱만한 희망을 끼우며
자투리 시간을 요리했다
유난히 춥던 몇 해의 겨울을 우리는
툴툴거리는 그놈과 함께 건넜다
생각하면 눈이 매운 시절
한겨울 지나고 봄의 초입

오랜만에 시동을 걸자
그놈이 푸룩푸룩 반긴다

낫

물 한 사발 떠 놓고 낫을 간다
숫돌에 등을 비비며 일어서는 날
─넘이 삐리마 안 되는 것이여─
옷갈린 낫의 눈빛을 들여다보는 아버지
그럴 때면 낫의 몸뚱이에도
하얗게 식은땀이 흘러내리는 것이다
오늘 밤
도시의 어느 귀퉁이에서
무뎌진 나를 간다
하지만
날이 서지 않는 건 지금도 마찬가지
마른 쑥대도 쉬이 잘리지 않는 낫을 들고
세상을 베어 보려 안간힘을 쓰는 생
모자라거나,
넘치거나,
베지 못하는 건 매 한가지다

적우赤雨

널 두드리면
발길질이 벽을 뚫고 날아와
내 안에 발 도장을 찍을 것 같아
그러면 나는 싸늘한 웃음 조각을 피처럼 뱉어낼지도 몰라
소름이 전신을 타고 내려와
발바닥에 사금파리로 박혀도
머리를 세로로 흔들거나
던져주는 먹이를 눈으로 핥지는 않을거야
나를 되새김질하던 이들이 무대 위로 올라섰을 때
벼랑 끝을 붙잡고 버티던 이들은 사라지고
육중한 문이 닫혔어
표정도 올가미가 되는 그 안에
새벽까지 붉은 비가 내렸다
줄줄이 엮인 굴비
풀린 눈동자가 탁자 위를 비굴하게 굴렀지만
포박을 즐기던 이들이
움켜잡은 멱살을 놓을 기미는 없다
그 사이에도
비린내는 등줄기를 따라 흐른다
발 디딜 틈조차 없는 땅 위에
외마디 비명이 바위를 깬다
어불성설에 불가항력이다

점점 빠른 속도로 낙하하는
중력을 껴입은 바윗덩이다

수직상승과 계단의 상관관계

주차장에 자동차 세우고 리모컨 누른다
보이지 않는 직선이 나를 관통해
내가 머물던 영역을 체결한다
몇 걸음 걸어가자 어떻게 알았는지
엘리베이터가 1층까지 마중 나와 있다
타임머신 같은 그 안으로 빨려든다
상승 모드로 변환된 캡슐, 기계음을 내며 공간이동 시작한다
아내는 그런 상승이 싫다고 했다
빨리 올라서는 것들은
어지럼증을 유발해
정신을 못 차리게 한다고 했다
언제 헛발 내디딜 줄 모른다며
그 긴 계단을 걸어서 오르곤 했다
한 계단 한 계단 밟고 올라설 때
자신의 위치를 정확히 읽을 수 있는 거라며
욕심내지 않는 아내
산다는 것은
높이 올라갈수록 더해지는 무게를 책임지는 일
하나하나 밟고 오르는 계단이 단단하다

이화공원

가늘게 빠져나가는 뒷모습
한줌도 되지 않는
그대를 두고 오면서 눈물 났습니다
서러움에
걸음을 옮길 수 없었습니다
어딘가 단단히 묶여 있다고 느꼈습니다
아주 굵은 밧줄을 달고 부동자세로 정박해있던 그대를
가위눌린 어느 새벽, 낯선 골목에서 만날 때마다
그리 멀지 않은 풍경이
그대 안에 들어서지 못하고
우수수 스러지는 것을 보았습니다
묶여 있던 시간
이젠 놓아야지
뱀처럼 한꺼풀 벗고 매끈하게 가야지
그대 이름 목젖에서 가르릉 거리는 밤
숨 가쁘게 맴돌아 나오는 길모퉁이
그대 눈빛 같은 구절초 한 무더기
소복하게 피었습니다

일몰

차창 밖으로 보이는
해질녘 무늬는 모세 혈관이다
긴 통로를 따라 구분된 이쪽과 저쪽
각각의 경계가 선명하게 흐르는 시각
절름거리며 들어서는 어둠이
토막난 불빛의 깃발을 걷는다
색깔 있는 것들은 모두 떠나고
흑백만 가득한 들판
밤새 책임 지지 못할 것들을 잉태하는 달빛
늘 명쾌한 결론은 유보되는 세상
그 달빛 뒤로 다시 동이 트면
어깨 위에 내려앉은
달의 비늘 툴툴 털어버리고
바알간 경계 그 안에
절름거리는 내 발목 하나 밀어 넣을 수 있을까

반딧불

어둠이 얼마나 두려웠으면
제 안에다 등불을 밝히고 사나
불안한 안구의 외곽에
소외된 그림처럼
어둠이 꽁무니를 쫓고 있다
제 몸보다 큰 어둠을 밀어내며
캄캄한 몸 안에 등불 하나 켜고
망망한 세상을 건넌다

운동화

높아도 못 오를 건 없었다
단지 좀 더 견고하게
자신을 추슬러야 했을 뿐
의지가 발하는 대로
충직하게 살았다
누가 종용하지 않아도
서야 할 자리를 찾아
쉼 없이 움직였다
언뜻언뜻
두려운 밤길의 기억이
자신을 괴롭혀도
익숙해진 걸음으로
돌부리를 피해 가고
꾹꾹 눌리지 않아도
자연스레 꺾여지는
뒤꿈치의 무게에
적당히 작용할 줄 아는 너는
언제나 나를 기립하게 하는
최고의 스승이다

4부

출항

닻줄을 풀자
정박해 있던 어둠이
산등성이를 서서히 밀어낸다
차가운 냉기가 소의 혀처럼
까칠하게 손등을 핥으며 따라온다
어둠을 향해 나설 때
두려움은 지긋이 발에 밟히는 것이다
고개를 내미는 두려움을 밟고 핸들을 잡았다
어슴푸레 보이는 솔섬에서 시작된 바람이
뱃전을 슬금슬금 갉아 먹는다
하얀 이빨 사이로 듬성듬성한 어둠 물고
선두를 앞서던 파도가
자꾸 나를 타고 넘어
내 상처 꿰맨 그물코에 철퍼덕 매달린다
파도가 몸을 푼다
몸부림이 거세질수록
내가 흔들리고, 배가 흔들리고, 만선의 꿈도 위태롭게 흔들렸다
산고의 고통 이겨내는 파도는 잦아들 줄 모르고
밤의 외피 같은 파도를 맨발로 넘는데
어느새 아침이 온통 붉은 구름옷을 하늘 가득 내건다

안쪽, 그 안의 풍경

그녀가 등이 흰 나무에 관해 이야기했을 때
나는 눈이 나비처럼 내리는 빙벽에서
뿔의 크기를 재보고 있었다
갈기에 매달린 고드름이
내 잠을 위협하며 낮에도 뿔처럼 자랐다
절망은 왼쪽으로 돌아갔고
정향나무 숲쪽으로 방향을 잡은 이들은
세상이 향기롭다고 했다

그들은 오른쪽,

그 길엔 눈동자가 파란 뱀이 독을 품은 침을 뱉을지도 몰라
밤이 되면 설렘이 노랗게 익어가는 고양이의 눈동자
찢어지는 정적을 발견한 이들은 모두 문을 닫았다

새로움의 시작은 밤,
무거운 것들은 밤을 맛있게 요리했다
날이 새면 무성해지는 결속의 음모들
하루가 다르게 굵어지는 비밀들
그 무게에 스스로 가지를 부러뜨리는 요리사

무게중심을 아래로 옮기고 싶다고 했다
찢긴 상처를 안으로 말아 넣으며 굵어지는 삶

골목, 섬이 되다

속 빈 순대 같은 골목
치킨집 오토바이가 부룩부룩
고소한 향기를 흘리고 지나간다
각각의 자세로 도열한 집들
부동의 침묵이 무겁다
한때
분주한 발자국 비좁던 골목
헌 옷 수거함, 음식물 쓰레기통,
무릎 꺾여 내려앉은 낡은 리어카에
반쪽을 내 주고도 헐렁한 골목
할머니 몇 분이 유모차로 바리케이트를 친다
햇살은 빗살무늬 갑옷을 입고 지붕을 타고 내려와
사선으로 골목에 빗금을 긋는다
적군이 없는 성에 입성하듯 한무리 개들의 걸음이 상쾌하다
순간
고요하던 골목에 구름이 일고 바람이 분다
전봇대가 얼른 큰 키를 그늘에 숨긴다
골목을 처음 빼앗긴 그날처럼 하늘빛이 어둡다
주섬주섬 빨랫줄의 옷가지를 걷어 챙기는 바람
휘청거리는 골목
집집마다 서둘러 불을 밝힌다
불이 켜진 집들은 일제히 섬이 된다

바람에 점령당한 공중에 멱살 잡힌 전깃줄이
가로세로 선을 그으며 구획정리를 한다
붉은 딱지는 개발확정구역
파란 딱지는 보류지역으로 나뉜 섬
이제 한바탕 바람이 지나가면
골목이 끝나는 곳부터 바다는 시작되고
우리는 모두 섬이 되어 멀어질 것이다

다림질하는 여자

창문 너머로 보이는 세탁소 여자
다리미 꾹꾹 눌러 옷 다린다
솔기마다 삐죽삐죽 와지히던 근심 걱정
다리미를 따라 눕고
구겨지고 젖었던 시간이 뽀송뽀송 날 세운다
지나온 것들은 잊혀진다지만
가슴 아픈 기억은 몇 번을 다려도 자국이 남았다
속이 너덜너덜해진 구간을 지날 때면
여자는 무게중심을 발끝으로 옮기는 것이다
상처 깊은 과거는 쉽게 펴지지 않는 법인지
마음을 다잡아도 자꾸만 쭈글거렸다
빳빳하게 날 세우기 전
쭈글한 기억을 먼저 펴야 한다
빈 가슴에 찬바람이 파고들 때
느슨한 의지 동여맨 단추 사이를 지날 때는
왠지 숙연해지기도 하는 것이다
널찍한 등쪽을 정성 들여 다리는 건
앞만 보며 살아온 한평생
평탄하게 살아가길 바라는 마음
펴고 또 펴도
구겨지고 상처나기 일쑤인 삶
주름으로 남은 세월을
여자는 오래도록 다린다

비밀

모든 출구를 닫아걸고
칩거에 들어갔다
중심에서 튕겨 나온 또 다른 중심이
그 중심의 언저리에 동심원을 그렸다
나는
앞사람의 어깻죽지만 보고 걸었다
하급 세계와 접선을 시도한
어느 고매한 존재가
혹여 어깻죽지 어디쯤 날개를 달고
회귀의 비밀을 흘리지나 않을까
발걸음 소리만 요란한 세상
추락으로 연결된 문이 있음을 안 것은
자구책으로 걸쳐놓은
겸허의 끝을 보았을 때였다
기댈 수 있는 것들은
모조리 돌아앉고
일관성 없는 기도만 먼지로 흩날렸다
바닥에 엎드려
앞사람의 날개를 생각했다
오랫동안
뿌리 없는 어깻죽지를 심하게 앓았다

죽방렴 멸치

때로는 구부러진 그의 등에다
시위를 걸고 싶을 때가 있다
도시의 한복판에서
눈동자는 표적을 잃은 지 오래
골목은 출구도 없는 방안을 따라 이어졌다
누구처럼 막막한 놈들과 마주쳤을 때
한 번쯤 발사할 수 있는
먹물 한 줌 담아내지 못한 학벌
출구를 봉쇄당했을 때
무딘 주둥이를 얼마나 들이박았을까
붉게 물든 주둥이가 무색하게
몸뚱이는 이미 통발 속으로 들어서고 있다
달빛과 등대가 높은 곳에서
밤마다 눈빛을 주고받을 때에도
현수막을 흔들고 스크럼으로 맞섰을 뿐
올곧았던 대나무가
통발의 앞잡이가 될 줄 몰랐다
파도가 석화처럼 날을 세우고
통발에 웅크린 별들이
반짝 비늘로 스러지던 보름 밤
한 평 방 안, 생의 마침표를 찍고 싶었을까
정리해고 통지를 받은 김씨가
벽을 향해 누운 등에다 시위를 걸고 있다

깨를 털다

어머니 깨 턴다
천막쪼가리 바닥에 깔고
깻단 엎어 등짝 팬다
차르르차르르 아가리 벌리고 쏟아지는 깨
어머니는 아버지 제삿날 즈음이면
깨를 털곤 하셨다
바닥에 천막을 깔고 깨를 털면
깨 떨어지는 소리가
아버지 타시던 자전거 바퀴살 소리 같다며
돌담 너머에 귀를 걸어놓곤 하셨던 것이다
동네에서 금술 좋다 소문났던 두 분
어머니는 깻단 사이에 아버지를 숨겨놓으셨을까
깻단을 이리저리 흔들며 아버지를 털어낸다
한나절 따신 볕에 털어낸 아버지가 서 되
어머니 펑퍼짐한 엉덩이 뒤에서
막걸릿잔 거푸 들이키던 아버지는 보이지 않고
시끄럽던 깻단들만 입 벌린 채 조용하다

입산

귀밑머리 한 움큼
두 손에 받아들고

귀한님 뜻 따라
일보일배 올라가니

잔솔가지 바람 끝
흔들리는 여린 가슴

무심한 풍경소리
처마 끝에 매달리고

속가의 일일랑
가슴에 묻어야지

염불 소리 사이사이
합장하는 산 까치

묵언의 계절

목젖을 열어 이 땅의 말을 배우는 동안
고독은 고양이 눈동자처럼 노랗게 자라고
나의 계절은 압축된 침묵을 지향한다
피 몰린 근육처럼 발기하는 산자락
외꺼풀로 저녁을 맞이하던 초승달이
구름을 비껴선다
이제
그대의 침묵을 이해하려한다
그대가
지평선의 소멸을 이야기하는 동안
나는
내게 머물다 간 환한 것들을 지운다
문을 열면
들판을 달려온 바람이
손등에 혈관처럼 일어서는 땅
노을의 입술을 빌려
잊어버렸던 내 언어로
이 가을
내 안의 감춰진 우울을
하늘에 새떼로 적는다

푸른 발 부비새

너의 발자국 소리 들리면
설레는 나의 밤은 귀에서 시작되지
침샘에서 분비되는 황홀한 기어이
눈동자에 꽃으로 피는 시각
지친 날개를 접고
제 동심원에 갇히는 사람들
낮에도 중심을 잃는 투박한 착지는
그대의 매력 포인트
절망에 무너져본 이가
희망의 길을 내듯이
내겐 아직 응달의 잔설로 남아
푸른 이마 들이밀며 다가오는 너
부드러운 깃털로 남아 있는
너의 호흡에
깊이 부리를 묻고
깊이 가라앉은 너의 울음을 건져 낸다

오후 다섯 시 삼십분

노을이 산등성이 걸리면
손등에 핏줄처럼 달려오던 너
그대 모든 것
온몸에 각인된
죽음보다 더 깊은 거기
솔잎 한 묶음
날카로운 독설로
일제히 심장을 찌르며
돌아서던 골목
멀어진 걸음을 기다리다
스러져버린 불구의 시간
나를 모조리 버릴 수 있다면
공중에 먼지로 떠서
두껍게 내 안에 깔려있는
그대 곁으로 가겠네

뿔

시를 쓰기 전 뿔을 깎는다
또 다른 멋잇감을 탐구하는 저녁
안으로 어스름이 깔리는 경계를 넘어 뿔 하ㅏ 둘 모여든다
어둠에 비례하는 뿔의 소문들은 각각 환하다
깊이를 알 수 없는 강을 건널 때 등 뒤는 두꺼운 두려움이
장식한다
지나온 것들이 쉬이 발에 밟히는 까닭이다
허공을 찌르는 버릇이 있는 밤의 뿔들은 무척 날카로워서
공중에 상처를 남기지 않는다
다시 돋아난 뿔인지 어제의 그 뿔인지 궁금해하는 이는
드물다
밤이면 뿔들의 잔치는 시작되지만
가끔 미확인 비행물체가 뿔로 보이기도 한다
어둠이 짙어지면 출현하는 종족들의 잔치
언제 한 번 뿔들로 가득한 저 입 속을 벗어나
씹히지 않는 시간을 임플란트 해박을 수는 없을까

허공을 치받는 기분이란,

턱이 부딪히는 소리 요란한 공중의 뿔들
쉿!
어둠이 사라지고 있다
조용해지는 뿔들

탈피

습명이 어깨를 타고 흐르는 방안에
당신은 무척추 동물처럼 허리를 들어 잠을 자고 있네요
자고 나면 허물을 벗고 위대해질 당신
조용한 사람들은 둥근 집에 살죠
한껏 웅크려 속을 비워내는 데는 둥근 방만한 것이 없어요
속을 비워내야 투명해지는 몸뚱어리
방안에 앉아 주문을 외울 거예요
내 몸에 맞는 날개를 주소서
그리고 꼭 그만큼만 날게 하소서
방안의 집기들을 불려 실을 뽑아낼 거예요
한 올 한 올 영롱한 빛으로 태어날 내일
오늘을 엮어 날개를 지어야겠어요
오래 울어 속을 비운 자만이 달 수 있는 날개
지금 창밖엔
몸 가벼운 것들이
하늘을 대각으로 건너고 있네요

등대

그리움이 이무기처럼
온몸을 칭칭 감으며
선 뒤를 돌아 나와
점점이 바다로 흐른다
갯지렁이 일제히 절벽을 타고
파도가 잉태한 불빛은
낭자한 선혈로 흩어져
깃발을 적시고
이름도 하나 얻지 못한
네 몸에선 갯내음 가득하고
갯바위 사이사이 파아란 그리움만
바스락거리며 부서진다

낙엽

길을 걷다가 무심코
귓전에 들리는 이름 하나
예리한 비수처럼
내 헐거운 기억의 빗장을 뚫고
깊숙이 나를 찌른다
악수도 없던 이별
내 안의 숱한 기억을
모조리 앗아간 그가
낯선 길에서
낯익은 이름으로 밀어낸
그리움 한 무더기
오랜 기억 너머
산산이 부서진
내 젊음의 낱장처럼
펄럭펄럭 자꾸 내 앞에 떨어진다

노을처럼

해거름만 되면 먼 산을 바라보는 건
내 안에 살다간 당신 때문입니다
성에 낀 창 니머
가물거리는 당신을 기억하려고
나는 하루에도 몇 번씩
마음의 성에를 닦아냅니다
어느 길목에서 어긋났는지
어느 모퉁이에서 돌아섰는지 알 수 없지만
노을빛 홍조를 빼다 박은 당신의 웃음소리가
석양이 질 때마다 귓전을 맴도는 건
시간이 지날수록 두꺼워지는 기억이
당신을 더 선명하게 만들기 때문입니다

캄캄한 몸 안에 등불 하나 켜고 가는 사람

이형권 문학평론가 · 충남대 교수

캄캄한 몸 안에 등불 하나 켜고 가는 사람

이형권 문학평론가 · 충남대 교수

> 내 안의 감춰진 우울을/ 하늘에 새떼로 적는다
> — 남상진의 「묵언의 계절」에서

1. 시처럼 살다

이 시집은 이렇게 시작한다. "희망이 바싹 마른 낙엽처럼 바스락거리던 때 시를 만났다."(「시인의 말」부분) 이 문장에 의하면, 그가 시를 만난 것은 푸르렀던 잎사귀의 희망이 사라지고 마른 낙엽처럼 절망만이 바스락거리던 시절이었다. 인간에게 다가오는 절망의 시련은 어느 특정한 시기에만 오는 것은 아닐 테지만, 사람에 따라서 그것이 각별히 고통스럽게 오는 시기가 있기 마련이다. 남상진 시인이 그런 시기에 시를 만났다는 것은 그에게 시가 절망의 형식이자 그 극복의 형식임을 유추할 수 있게 해 준다. 자신에게 다가온 절망을 극복하기 위한 방법은 사람에 따라 여러 가지가 있을 수 있다. 어떤 사람은 종교의 세계로 빠져들고, 어떤 사람은 사랑을 하고, 어떤 사람은 예술의 세계에 몰입을 하고, 어떤 사람은 스포츠에 열광하기도 한다. 그런데 남상진 시인은 시적 사유와 서정을 통해 인생의 절망과 그 극복 의지를 노래하고자 한다. 그만큼 그는 정신적 차원의 깊은 사유와 밀도 높은 언어 감각을 견지하며 살아왔다고 할 수 있다. 이 시집에 드러나는 인생에 관한 진실한 고백과 그것을 효과적으로 표현하기 위한 독특한 비유, 이미지 등은 그의 시적인 삶을 온전히 드러내준다.

　그의 마음속에는 어둠이 가득 고여 있다. 이 어둠을 비극적 세계관이라고 해도 무방할 터, 이 시집은 두 가지 차원에서 그런 세계관을 드러낸다. 하나는 인간의 운명과 관련된 실존적 차원의 것이고, 다른 하나는 속악한 욕망과 관련된 사회적 차원의 것이다. 전자는 인간이 지닌 유한자로서의 한계와 연관되는 것인데, 그것은 인간이 주어진 시간과 공간 속에서 살아갈 수밖에 없는 존재라는 사실과 연관된다. 이처럼 허무하고 고통스러운 실존의 모습을 남상진 시인은 어둠을 뚫고 출항을 하는 어부의 모습에 빗대어 표현한다.

　　닻줄을 풀자

　　정박해 있던 어둠이

　　산등성이를 서서히 밀어낸다

　　차가운 냉기가 소의 혀처럼

　　까칠하게 손등을 핥으며 꽁무니를 따라온다

　　어둠을 향해 나설 때

　　두려움은 지긋이 발에 밟히는 것이다

　　고개를 내미는 두려움을 밟고 핸들을 잡았다

　　어슴푸레 보이는 솔섬에서 시작된 바람이

　　뱃전을 슬금슬금 갉아 먹는다

　　하얀 이빨 사이로 듬성듬성한 어둠 물고

　　선두를 앞서던 파도가

자꾸 나를 타고 넘어

　　내 상처 꿰맨 그물코에 철퍼덕 매달린다

　　파도가 몸을 푼다

　　몸부림이 거세질수록

　　내가 흔들리고, 배가 흔들리고, 만선의 꿈도 위태롭게

　흔들렸다

　　산고의 고통 이겨내는 피도는 잦이들 줄 모르고

　　밤의 외피 같은 파도를 맨발로 넘는데

　　어느새 아침이 온통 붉은 구름옷을 하늘 가득 내건다

　　　　—「출항」전문

　　이 시에서 "나"로 등장하는 어부의 삶은 시인이 생각하는 인간의 보편적인 삶, 혹은 시인 자신의 삶을 표상하는 것으로 보아도 무방하다. 이른 새벽 채 어둠이 가시지 않은 부두에서 "닻줄을 풀"고 바다로 나아가는 어부는 고달픈 인생살이의 주인공이다. "어둠을 향해 나설 때/ 두려움"이 밀려오는 것은 어쩔 수 없는 인간의 숙명이다. 그러나 그 두려움에 지배당할 수는 없는 일이기에 "핸들을 잡"고 항해를 시작한다. 그런데 깊은 바다를 향해 나아갈수록 "선두를 앞서던 파도가 자꾸 나를 타고 넘어"간다고 느낄 정도로 위태로움을 느낀다. "파도"는 마치 "산고의 고통을 이겨내는" 몸부림처럼 거세게 몰아치고 있는 것이다. 이 순간에 시인은 "내 상처"를 꿰매어 놓은 것과 같은 "그물코"가 눈에 들어온다. 항해가 계속 될수록 "파도"가 더 높아지고 거세지면서 "내가 흔들리고, 만선의 꿈도 위태롭게 흔들"리는 것이다. 그러나 "나"는 이 거친 "파도"에 휩쓸려 떠내려 갈 수는 없는 것이어서 "맨발로"라도 그것을 극복해야 한다는 사실을 망각하지 않는다. 이렇듯 인생이란 어부가 바다의 거친 파도를 뚫고 항해하는 것처럼, 세상이라는 거친 벌판에서 중심을 잡고 살아야 하는 지난한 과업이다. 남상진 시인의 시 쓰기도 이러한 "출항"의 마음과 깊이 연관될 것이다.

2. 슬픔의 블랙홀, 비상구도 없는

세상이 비극적이라는 인식은 이 시집에서 빈도 높게 나타난다. 거친 세상과 고달픈 인생에 대한 인식은 이 시집의 많은 시편들에서 도드라지는 특징에 속한다. 시인이 보는 세상은 "눈덮힌 솔가지 뭉텅한 붓 자루/ 바람의 방향을 분주히 적는데/ 세상은 바람 따라 눕기만 하는"(「불이선란도」) 곳이다. 이처럼 진정성과 주체성을 상실한 세상에서 "산다는 것은/ 견고한 조임으로 누수를 막는 일"(「망가진 나사 산」)이라고 할 정도로 "누수"처럼 빈틈이 많을 수밖에 없다. 가령 "장삼 자락 끄트머리 매달린/ 티끌 같은 생애여"(「면벽좌선」)에서는 삶의 허무감을 드러내고, "구겨지고 상처나기 일쑤인 삶"(「다림질 하는 여자」)에서는 "상처"투성이의 삶에 대해 노래한다. 시인이 보는 세상은 "눈 덮힌 솔가지 뭉텅한 붓 자루/ 바람의 방향을 분주히 적는데/ 세상은 바람 따라 눕기만 하는"(「불이선란도」) 곳이다.

더구나 오늘날 인간이라는 존재는 하루하루를 허공에 매달려 살아가는 존재이다. 현대인은 뿌리 뽑힌 존재로서 그 어느 곳에도 정착하지 못하고 노마드적 삶을 살아가고 있다. 첨단 문명이 인간의 정체성을 위협하고, 자본이 인간의 진정성을 넘어서는 시대인 것이다. 인간 이외의 외적인 요소들에 의해 인간의 실존적 가치가 위협을 받는 시대인 것이다. 이와 같은 인간의 정체성을 시인은 허공에서 살아가는 거미에 빗대어 드러낸다.

> 그가 등을 구부려 침묵의 밀도를 재는 동안
> 나는 허공에 문을 내고 어둠의 모서리를 당겨
> 밤새 젖은 세상에 혓바닥을 대 본다
> 공중에 부침하는 것으로도
> 삶의 의미는 충분하지만
> 입술을 열어도 말이 되지 못한 생각들은
> 햇살이 비치는 아침에도 캄캄하다
> 따로 문이 없는 세상에서
> 바람의 방향을 읽지 못한 내 걸음은
> 훤한 낮에도 절뚝거리고
> 높이 걸린 눈동자들
> 밤이 되면 지상으로 내려와
> 이슬방울로 거미줄에 걸린다
> 반짝이며 몰려온 것들이
> 허공에 손금으로 박히는 하루
> 돌아서면 식어버릴 온기로
> 고독을 뽑아 허공에 걸고
> 공중에 발자국을 남기는
> 저 깊고 선명한 허공의 손금
> ─「거미의 손금」 전문

시의 화자인 "나"는 "거미"의 생리에 인간의 실존적 의미를 투사한다. "허공에 문을 내고 어둠의 모서리 당겨" 살아가는 "나"는 "밤새 젖은 세상에 혓바닥을 대 보"지만 결국은 "공중에 부침하는" 생애의 주인공일 따름이다. "나"는 또한 "입술을 열어도 말이 되지 못한 생각들"로 살아가는 "침묵"의 생애를 살아가기에 "아침에도 캄캄하다"고 한다. "바람의 방향을 읽지 못한 내 걸음은" 정서적 불안감으로 "훤한 낮에도 절룩거리고" 살아갈 뿐이다. 다만 하늘에 반짝이는 별들이 "높이 걸린 눈동자들"처럼 "이슬방울로 거미줄에 걸린다". 그러나 거미는 거미줄에 내려앉은 별빛에도 불구하고 "돌아서면 식어버릴 온기로/ 고독을 뽑아 허공에 걸고" 살아가야 한다. 중요한 것은 "나"가 거미를 통해 그러한 고독과 허무한 삶의 실존적 의미를 깨달았다는 사실이다. "나"는 거미의 생리처럼 거미줄이라는 "깊고 선명한 허공의 손금"과 함께 살아갈 수밖에 없는 것이다. 이처럼 허공을 삶의 터전으로 살아간다는 것은 지상에서의 안정감을 상실한 것을 의미한다. 그것은 "허공에서 뜬 삶을 산다는 것은 중력이 없는 삶과 같"기에 "살아가는 것은/ 허공의 한 귀퉁이 엉성하게 밟고 앉아/ 이슬에 젖은 새벽과/ 허기에 젖은 생각을 말리며/ 깊은 우주로 추락하는 일이다" (「중력은 없다」). 인간의 한계 상황이다.

세상에 대한 비극적 인식은 사회적인 차원에서도 이루어진다. 매일매일 신문의 사회면을 장식하는 기사들은 아직도 우리 사회가 비극으로 가득 차 있음을 증명해 준다.

어제는 불을 끄다가 블랙홀에 빠진

어느 가장의 이야기가 신문의 헤드라인을 장식했죠

도심 속 행성으로 소방차를 몰고 나간 그가

우주의 미아가 된 이야기 말이에요

집을 나서는 일은 은하계를 벗어나

안드로메다 어디쯤 떨어져

까맣게 애를 태우다 돌아오는 일이죠

밤하늘에 반짝이는 별은

모두 집을 나선 사람들이에요

아이들은 베란다, 혹은 마당에 둘러서서

엄마 아빠의 무사귀환을 빌기도 해요

현관문을 나서면 우리는 모두 별이 되지요

어두운 밤길을 걸어본 이들은 알아요

얼마나 많은 별이 길을 잃고

둥근 절벽에서 혜성으로 추락하는지

미처 빠져나오지 못한 새벽의 그물에 갇혀서

여명의 이마에 낮별로 박히는 이들은 말하죠

인생은 블랙홀을 통과하는 일이라고

이 좁은 행성에서 별의 모습으로 줄타기하는 당신

당신의 별은

오늘도 무사하신가요?

— 「현관문은 블랙홀이다」 전문

이 시집의 표제작인 이 작품은 상상의 진폭이 매우 넓다. 이 시의 모티브는 화재의 현장에서 "불을 끄다가" 희생된 "어느 가장의 이야기"를 전하는 "신문의 헤드라인" 기사이다. 소방관의 희생과 관련된 이 기사의 내용을 보면서 시인은 "블랙홀"을 상상한다. "블랙홀"은 우주의 죽음을 의미하는 물리학적 개념으로서, 주변에 존재하는 모든 것들을 흔적 없이 빨아들여 소멸시키는 존재이다. 화재 현장에서 화마가 모든 것을 불태워버리는 현장에서 블랙홀이 우주의 모든 것을 빨아들이는 현상을 연상한 것이다. 그래서 소방관의 희생과 관련된 사연은 "도심 속 행성으로 소방차를 몰고 나간 그가/ 우주의 미아가 된 이야기"이고, 소방관이 "집을 나서는 일은 은하계를 벗어나/ 안드로메다 어디쯤 떨어져/ 까맣게 애를 태우다 돌아오는 일"이라고 보는 셈이다. 이런 의미에서 소방관이 출근을 위해 통과하는 "현관문"을 블랙홀이라고 보는 것은, 현관이 위험이 가득한 세상과 연결되는 통로라는 인식 때문이다. 아무튼 그가 "현관문"과 그 밖의 세상이라는 "블랙홀"에 빨려 들어가지 않고 살아남는다는 것은, 어둠을 밝히는 하나의 "별"처럼 저만의 삶을 온전히 살아내는 일이다. 그리하여 시인은 "인생은 블랙홀을 통과하는 일"이라고 정의하는 것이다.

이 시집에서 사회적 차원의 비극을 노래하는 시구들을 찾아보기는 어렵지 않다. 그 가운데 특히 우리 사회를 한동안 슬픔의 블랙홀에 빨려들게 했던 세월호 참사를 호명하는 시구는 주목할 만하다. 즉 "유리창의 안쪽에서/ 이승의 발자국을/ 옷소매로 닦았지만/ 유리 속 얼굴은 지워지지 않았다/ 두른거리던 팽목항 목소리들은/ 발자국보다 먼저 집으로 돌아갔다/ …중략…/ 속도를 줄이지 못하고 질주하는/ 이 팅팅 불은 슬픔이/ 꿈이었으면 좋겠다"(「몽유」)고 노래한다. 극단적인 슬픔의 장면을 두고 차라리 "꿈"이었으면 좋겠다는 염원을 하고 있는 것이다. 또한 어느 유흥주

점 화재 사건을 두고 "푸른 희망이/ 안구 속으로 타들어가며/ 화면을 채우는 세상/ 비. 상. 구/ 미처 피하지 못한/ 굵은 고딕의 절규가/ 가슴에 못을 박는다"(「비상구는 없다」)고 하여 "비상구"조차 없는 사회적 소외자의 비극을 노래하기도 한다. 뿐만 아니라 노동 현장의 소외자에 대해서는 "정리해고 통지를 받은 지 일곱 달// 한 평 남짓한 방 안에 갇혀서/ 벼룩시장 구인란을 헤엄치는 김씨/ 출구도 없는 벽을 향해/ 몸 말리며 누운 등이/ 멸치처럼 휘었다"(「죽방렴」)는 비극적 이미지로 형상화하기도 한다.

3. 공중의 집, 별빛이 소복히 쌓이는

남상진 시인의 몸과 마음은 어둠으로 가득하지만, 그 어둠을 몰아내려는 빛살도 한 구석에서 반짝인다. 세상이 슬픔 혹은 비극의 블랙홀에 빠져들었다는 사실에 대한 충실한 성찰은 그 슬픔과 비극을 넘어설 수 있는 기본 조건이다. 그의 시심이 "지상의 우울을 온전히 읽는 오후의 정적을/ 나는 어떤 희망으로 읽어야 하나"(「나무의 우울에 대하여」) 탐구하는 과정으로 돌아설 수 있는 것은 그런 조건을 갖추었기 때문이다. 실제로 자신의 슬픔이나 세상의 비극을 외면하는 사람은 그것은 결코 넘어설 수 없는데, 이는 인간이 자신의 상처를 치유하기 위해서는 상처의 원인이나 상태를 정확히 파악해야 하는 것과 같은 이치이다. 그렇다면 세상의 슬픔과 비극을 응시한 사람이 다음으로 해야 할 일은 무엇인가? 그것은 비극에서 탈출할 수 있는 마음의 동력을 얻는 일이다.

대롱거리며 매달린 수천, 수만의 나를

허기진 까마귀처럼 쪼아대고 싶어

모래알처럼 흘러내리는

치열한 삶을 빙자한 두려움이

혼돈의 바다로 흘러가거나

혼탁한 바람이 창틈으로

빗물처럼 스며들면

흥건한 그것을 방안에 가두고

울어도 울어지지 않는 울음

우수수 털고 나갈

날개 하나 지어야겠어

    — 「잎말이딱정벌레의 방」 부분

어둠이 얼마나 두려웠으면

제 안에다 등불을 밝히고 사나

불안한 안구의 외곽에

소외된 그림처럼

어둠이 꽁무니를 쫓고 있다

제 몸보다 큰 어둠을 밀어내며

캄캄한 몸 안에 등불 하나 켜고

망망한 세상을 건넌다

    — 「반딧불」 전문

    앞의 시는 "잎말이딱정벌레"로 표상된 인간 내면의 어둠을 극복하고자 하는 소망을 드러낸다. "대롱거리며 매달린 수천, 수만의 나"는 내적으로 분열된 자아를 상징한다. 그런 자아를 "까마귀처럼 쪼아대고 싶"다는 바람은 일종의 매저키즘의 양상을 띤다. 그러나 매저키즘은 자기 학대에만 그치는 것이 아니라 고통을 통해 정직한 자기 성찰과 각성을 수행하는 통로이다. 이 성찰과 각성을 통해 삶에 대한 "두려움"이나 "혼돈의 바다", "혼탁한 바람"으로 인한 "울어도 울어지지 않는 울음"을 극복하려는 의지가 강화된다. 그래서 울어야 하지만 울음조차 울 수 없는 극한적 슬픔 속에서 결국 그런 상황을 "우수수 털고 나갈/ 날개"를 염원할 수 있는 것이다. 뒤의 시 「반딧불」은 세상의 어둠을 몰아내고 싶은 의지를 드러낸다. 짧지만 의미심장한 시상을 전개하고 있는 이 시는, 어둠으로 가득한 세상을 살아가는 지혜를 "반딧불"을 통해 형상화하고 있다. "반딧불"은 "어둠"을 두려워하는 존재로서 그 두려움 때문에 "제 안에 등불을 밝히고 사"는 것이다. 그의 뒤를 따라 "어둠이 꽁무니를 쫓고 있"기에 "반딧불"의 빛에 대한 지향 의지는 더욱 강화된다. 더구나 세상의 "어둠"은 "반딧불"의 내면으로 전이된다. 그리하여 "반딧불"은 "캄캄한 몸 안에 등불 하나 켜고/ 망망한 세상을 건"날 수 있게 되는 것이다.

세상과 내면의 어둠에서 벗어나는 또 하나의 길은 지상의 세계와 거리두기이다. 지상에 깔린 어둠의 세계에서 벗어나 천상의 반짝이는 별빛의 세계를 지향하는 것이다. 이 시집에는 별 혹은 별빛이라는 시어가 유난히 빈도 높게 등장하는데, 그것은 어둠으로 표상된 부조리한 세상과 인간 내면을 희망으로 인도하는 매개 역할을 한다.

그들의 집에는 지붕이 없다

가끔

태양과 구름과 새떼들이

지붕의 무늬가 되기도 하지만

그들은 수시로 깊은 우주에 빠진다

지붕이 없는 집에서는 바람도 오래 머물지 않는다

허공을 가로지르는 햇빛과 비행운과

새들의 불규칙한 궤적만이

집안에 듬성듬성한 울타리를 칠뿐

그들은

비가 오는 날에도 몰래 울지 않는다

계절이 바뀔 때마다 자리를 옮기는 일쯤이야

내겐 별일도 아니지만

물 빠짐이 좋은 자리는 벌써

누가 영역표시를 해 두었는지

골목마다

오줌지린 냄새가 진하게 났다

간간이

뜨거운 혀를 지닌 이들이

지상의 소식을 전해 줄 뿐

땅을 밟을 일 없는 공중에는

밤마다 별들이 우박처럼 쏟아졌다

별빛 소복한 집

오늘 밤

지구에 거꾸로 누워

우물 같은 우주로

별 한 무더기 쏟아내야겠다

이 시의 "새들의 집"은 지상에서 멀리 떨어져 있는 집이다. 그 집이 존재하는 곳은 "공중"으로서 "지붕이 없"기 때문에 하늘과 곧장 통하는 장소이다.(이때의 "허공"은 앞서 살핀 「거미의 거처」에서 나타났던 실존적 허무의 공간과는 다르다.) 하늘 위로는 "태양과 구름과 새떼"늘이 우주의 형상("무늬")을 만들어주기도 한다. 그곳은 "바람도 오래 머물지 않"을 만큼 평화와 안녕이 자리를 잡아서 "새들"은 "비 오는 날에도 몰래 울지 않"을 수 있는 장소이다. 물론 하늘의 집에도 "영역표시"는 있어서 "골목마다/ 오줌지린 냄새"가 생명의 존재감을 드러내 주곤 한다. 여하튼 "새들의 집"은 "밤마다 별들이 우박처럼 쏟아"지는 희망과 아름다움의 장소인데, 그곳이 그런 장소인 이유는 이 집이 "땅을 밟을 일 없는 공중"에 존재하기 때문이다. 이 집을 일컬어 시인은 "별빛 소복한 집"이라는 명명을 한다. 아주 시적이고 흥미로운 이 명명으로 화자는 별빛의 세계, 혹은 새들의 세계와 완전히 동화가 된다. 그리하여 화자 자신도 "별빛"처럼 승화되어 "우주로/ 별 한 무더기 쏟아내야겠다"고 다짐할 수 있게 된 것이다.

4. 지혜를 찾다

세상의 어둠에 대한 인식과 하늘과 별빛의 세계에 대한 추구는 시와 삶에 대한 지혜를 찾아가는 일과 다르지 않다. 그 지혜는 인생을 치열하게 아파하고 세상을 열정으로 살아본 사람만이 도달할 수 있는 높은 경지의 정신세계이다. 남상진의 시는 현실의 삶뿐만 아니라 시인으로서의 삶 역시도 진솔하고 열정적으로 살아온 이력의 기록이다. 그가 터득한 삶의 지혜는 가령 "산다는 것은/ 높이 올라갈수록 더해지는 무게를 책임지는 일/ 하나하나 밟고 오르는 계단이 단단하다"(「수직상승과 계단의 상관관계」)는 것이다. 그는 성실하고 차근차근 찬찬히 살아내는 것이 지혜로운 삶이라는 사실을 깨닫고 있다. 또한 "내 몸에 맞는 크기의 날개를 주소서. 그리하여 꼭 그만큼만 날게 하소서"(「탈피」)라는 겸양의 마음이 소중함을 깨닫는다. 인생은 욕심 부리지 않고 차근차근 살아가야 한다는 지혜에 이른 셈이다. 나아가 속악한 세상을 넘어서기 위한 자기희생과 역설의 지혜에 도달하기도 한다. 이를테면 "살아가는 것은 제 살 갈아서 짙어지는 일이다"(「먹을 갈다」), "찢긴 상처를 안으로 말아 넣으며 굵어지는 삶"(「안쪽, 그 안의 풍경」)과 같은 시구가 그런 지혜를 함축한다. "제 살을 가"는 고통과 "제 살"의 "상처"투성이를 오히려 풍요로운 삶의 에너지라는 진리를 터득하고 있는 셈이다. 이 소중한 지혜가 있으니, 그의 시와 삶은 아래의 시가 암시해 주듯이 시간이 지날수록 더 튼실해질 수밖에 없으리라.

뿌리는 보이지 않았으나
아주 굵고 깊게 진화했다
흔들리고
젖고
부러실수록

속으로 자라서 터지는 근육

깊이 뿌리내린 것들은 모두 젖는다

젖어야 스며드는 문장

어둡고 깊은 곳엔

늘

단단한 뿌리가 자란다

「뿌리는 닫힌 문이다」 부분

　모든 생명을 지탱해 주는 "뿌리"는 젖은 땅의 어둠 속에서 자라는 속성을 지닌다. "어둡고 깊은 곳엔/ 늘/ 단단한 뿌리가 자란다"는 시구는 "뿌리"의 그런 속성을 말해준다. 이 "뿌리"의 미덕은 땅속의 어둠을 밀어 올려 푸르른 녹음을 만들고, 그 푸르름은 생명의 빛깔이라는 점에서 하늘에서 반짝이는 별빛의 푸름과 다르지 않다. 그 푸름의 정기를 받은 "뿌리"는 "흔들리고/ 젖고/ 부러질수록/ 속으로 자라서 터지는 근육"으로 자라기 마련이다. 남상진 시인은 이 역설적 인식으로 지혜로운 삶을 살아가고 있다. 그래서 그가 "우리네 삶도/ 숙달되고 깨달으면/ 좋은 향기와/ 고운 결을 만들며/ 꿈처럼 매끈하게 살아지겠지"(「연필을 깎으며」)라고 염원하는 것은 자연스럽다. 그가 지향하는 곱고 매끈한 삶은 그에게 타인 혹은 타자를 따듯하게 품는 인간미가 있기에 충분히 실현 가능하다. 그는 자신의 삶뿐만 아니라 동반자인 아내의 고달픈 삶에 대한 연민과 사랑이 깊다. 이를테면 "아내의 뒤꿈치는 일기장이다/ 그것도 금이 쩍쩍 간 일기장/ 밤마다 낡은 펜대에 사포를 감아 긁어내는 발/ 살아온 이력이 빼곡하다"(「사막의 내력」)는 시구에 그런 정서가 잘 드러난다. 그는 아내가 자신의 삶의 "뿌리"라고 생각하면서 어두운 세상을 함께 견디는 동반의 지혜를 터득한 것이다. 단언컨대 이 지혜로써 남상진 시인의 시와 삶의 "뿌리"는 앞으로도 더욱 "굵고 깊게 진화"할 것임에 틀림없다.

남상진

남상진 시인은 1967년 경북 상주에서 출생했고, 경남대학교를 졸업했으며, 2014년 『애지』로 등단했다. '시흥문학상', '민들레문학상'을 수상했으며, 마산문협회원, 시산맥회원, 영남시동인, 애지문학회회원으로 활동을 하고 있다. 『현관문은 블랙홀이다』는 그의 첫 번째 시집이며, 그의 비극적인 세계는 두 가지 차원에서 전개된다. 첫 번째는 실존적 차원이고, 두 번째는 사회적 차원이다. 그 어디에도 비상구는 없고 어렵고 힘든 삶 뿐이지만, 그러나 그는 "어둡고 깊은 곳엔/ 늘/ 단단한 뿌리가 자란다"(「뿌리는 닫힌 문이다」)라는 시구에서처럼, 삶의 지혜로서 모든 역경을 극복해 나가고자 한다. 남상진 시인의 첫 시집 『현관문은 블랙홀이다』는 '지혜의 시인'이자 '의지의 시인'의 예사롭지 않은 '서광'의 총체라고 하지 않을 수가 없다.

이메일 :depag@hanmail.net

남상진 시집

현관문은 블랙홀이다

발   행   2017년 6월 30일
지 은 이   남상진
펴 낸 이   반송림
편집디자인 김지호
펴 낸 곳   도서출판 지혜
          계간시전문지 애지
기획위원   반경환 이형권 황정산
주   소   34624 대전광역시 동구 선화로203-1, 2층 도서출판 지혜 (삼성동)
전   화   042-625-1140
팩   스   042-627-1140
전자우편   ejisarang@hanmail.net
애지카페   cafe.daum.net/ejiliterature

ISBN : 979-11-5728-236-4 03810
값 9,000원